KB071128

# 돌아갈 곳 없는 사람처럼 서 있었다

김명기

**시인의 말**

시를 쓰고 시집을 묶는 동안 밥벌이가 바뀌었다.
중장비 기사에서 유기동물 구조사로.

얼마나 많은 밥벌이를 거쳐 왔는지 모르겠다.
그러나 나를 위로해 주는 시가 있어 여기까지 왔다.

밥과 시 사이,
무슨 짓인지도 모를 일을 자꾸만 꾸미고 있다.
언젠가 나를 이해할 날이 오기를 바랄 뿐이다.

2021년 입동 무렵
김명기

# 돌아갈 곳 없는 사람처럼 서 있었다

## 차례

### 1부 큰사람

## 2부 실려 가는 개들

### 3부 빛도 없이 낡아 가며 흐르는 몸

# 1부
## 큰사람

# 시인

앞집 할매가 차에서 내리는 나를 잡고 묻는다
사람들이 니보고 시인 시인 카던데
그게 뭐라

그게……
그냥 실없는 짓 하는 사람이래요
그래!
니가 그래 실없나
하기사 동네 고예이 다 거다 멕이고
집 나온 개도 거다 멕이고
있는 땅도 무단이 놀리고
그카마 밭에다 자꾸 꽃만 심는
느 어마이도 시인이라……

참, 오랫동안 궁금하셨던 모양이다

# 부역사건 혐의자 희생 지역

어둠 짙은 험한 고개를 넘어오는데
골짜기 가득 개구리 운다
어둠 돋우는 저 소리를
왜 운다고 말할까
개구리가 울고 새가 울고
멀리서는 산짐승이 운다고
사람 아닌 것들의 기쁨은 알 길 없고
거두지 못해 넘쳐 버린 슬픈 연민을
저들에게 떠넘겨 버린 건 아닐까
그런 우리가 가여워
곡비처럼 자꾸만 우는지도 몰라
잘 알지 못하는 것들이 부질없이
서로를 헤아리는 밤

어디선가 또 산 꿩이 운다

# 직진금지

직진금지 표지판 앞에서
그대로 내달리고 싶었다
아버지는 입버릇처럼
내려다보지 말고 쳐다보고
살라고 말했지만
쳐다본 곳까지 오르지 못한 채
엄나무뿌리보다 더 낮은 곳으로
내려가셨다 긴 시간
아버지는 세 시 방향
나는 아홉 시 방향으로 꺾어져
서로 다른 곳을 쳐다봤다
간혹 여섯 시 방향을 향해 돌아섰지만
서로에 대한 이해라기보다
화석처럼 굳어 버린
혈연의 회한을 확인할 뿐이었다
생각과 몸은 바뀌어 갔으나
열두 시 방향에서 만난 적은 없다
아버지가 생의 간판을 접고

폐업하는 순간에도 나는
등을 돌리고 울었다
산다는 건 그냥 어디론가
움직이는 일이란 걸 알았지만
경험의 오류를 너무 확신했다
어쩌다 녹슨 족보에서나
쓸쓸하게 발견될 이름들이
숱한 금기 앞에서 내버린 시간
껴안지도 돌아보지도 못한 채
너무 오래 중심을 잃고 살았다

# 죽음도 산 자의 일

더는 찾아오는 사람이 없는지 몇 해째 묵은 봉분이 있다 죽음이란 것도 다 산 자의 일 족히 이백 년이 넘은 산비알 밭에 윗대와 아버지 그리고 고모 내외를 모셨다 이 비탈진 밭이 어느 시절에는 아홉 식구의 목숨이었다 윗대는 이 밭에서 허리가 곱을 때까지 일하다가 끝내 여기 와 누웠다 사람 목숨은 질기고도 가엽다 적어도 내가 아는 죽음들은 그렇다 죽음이 아무리 화려해도 한 줌 재가 되거나 아무도 찾지 않아 풀이 웃자란 길목에 허기진 영혼의 빌뱅이가 되어 누워 있다

여덟 살 열 살 열두 살 터울의 사촌들을 앞세우고 이백 년이나 된 비탈진 밭가를 오른다 대학을 다닐 때 꼬마였던 사촌들은 형을 한 번도 형이라고 부르지 않았다 겨우 들릴 만한 목소리로 형님이라고 부르거나 눈을 피했다 그들에게 나는 이미 어른이었으므로 어른을 형이라고 부를 자신이 없었을 것이다 이제 제법 어엿한 아비가 되거나 마흔 중반을 넘긴 늙은 총각이 되었다

고모 내외의 봉분은 찾아오는 자식이 없어도 묵히지
는 않는다 세상이 아무리 달라지고 나날이 좋아져도 어
디엔가 늘 힘든 사람들이 있어 그들은 사는 일 말고는 엄
두를 내지 못한다 그저 사는 일이라도 덜 힘겹기를 바랄
뿐이다 잔을 붓고 포와 과일을 펼치고 두 번 절한다 왔
던 길로 되돌아가다 보면 제법 큰 돌무덤이 하나 있다 늙
고 병든 이를 지게에 지고 와 멍석을 덮어 두고 가던 곳
며칠 곡기를 끊고 앓다가 숨이 끊어지면 시신을 수습하
던 가묘 같은 곳 불과 이백 년 전 그곳에 버려진 사람들
은 환갑 안팎의 나이였다 사람의 목숨은 질기고 가엽고
서럽다

　몇 해 전부터 나를 영 못 알아보는 당숙모의 텅 빈 항
아리 곁을 지나 집으로 오는 길 꼭지 빠진 감이 아무렇
게나 뒹군다 이제는 아무도 눈길조차 주지 않지만, 치마
폭 가득 떨어진 감을 주워 마당에 들어서던 할머니 "이
노무 간나들이 큰오빠 밥 안 차려 주고 뭐 하노" 여린 소
녀들에게 다 큰 오라비 밥을 안 챙긴다고 노발대발하던

할머니도 산비알에 기대어 영 무소식인 지 오래다

# 닮은 꼴

떼던 화투점 밀치고 잠든
늙은 엄마 발을 본다
길고 마른 내 발과 닮았다

종일 마당을 기웃대던 낯선 아기 고양이가
툇마루 아래서 첫날을 보내는 밤
어디서 닮은 발을 잃고 여기까지 왔을까
닮는다는 건 먼 훗날의 슬픔을 미리 보는 일

눈과 코가 닮은 아버지를 입관할 때
등을 돌린 채 얼마나 서럽게 울었던가
마르고 푸석푸석한 저 발도
유산처럼 설움만 남기고 떠나겠지

한 번도 만난 적 없는 이가
부끄러움을 못 이겨
높은 곳에서 몸을 날려
더 높은 곳으로 가 버린 날

그이도 나와 닮은 꿈을 꾸었을 테지

거실에서 마루 아래로
거기서 반 마장쯤
아버지가 누워 있는 산비알로
이윽고 같은 꿈을 꾸었던
사내에게로 서글픔이 번지는 동안

대물림된 발을 번갈아 들여다보며
정처 알 수 없는 생을 가늠해 보는 밤
달빛에 어룽대는 야윈 발 위로
가만히 홑이불을 쓸어 덮는 이 밤

# 몸살 앓는 밤

어지러움과 뒤틀린 속을 달래느라 자다 깨다를 반복한다 오래 앓던 윗니를 뺐다 구색을 맞추려면 아랫니마저 빼야겠지 어제는 누군가 왜 선생님의 시는 어둡고 우울하냐고 물었다 밝고 맑고 화사한 곳을 아세요라고 그에게 되물었다 확신에 찬 목소리로 도를 아시냐고 물어오는 사람처럼

자다 깨서 발을 본다 몸짓의 최초를 기억하는 원시의 구동축 이제는 별로 쓸 일이 없다 오래된 몸피를 껴입고 종일 어둠 속에 웅크린 채 신형 구동축에 기대어 지낸다 발을 만지려다 멈췄다 발이 기억하는 몸짓의 최초처럼 발은 아득한 곳에 있어야 한다 손이 닿을 수 없는 아득한 곳 손은 어제나 오늘쯤에 머물러야 마땅하다

묵주는 라틴어 로사리오에서 유래한 말이다 영어로는 로즈, 성모와 장미와 묵주 이 명사들은 왜 방을 떠나지 않나 나의 묵주는 서랍 어딘가에 처박혀 있다 성모는 밀어내면 다시 제자리로 돌아온다 물론 스스로 걸어오

는 신통력은 없으니 돌아오시는 건 늙은 엄마의 몫이다 그래도 가끔 성모송을 암송한다 비누로 만든 장미는 늘 제자리에 있다 이곳에서 가장 오래 떠나 있는 건 늘 나뿐 이다

　내내 그에게 하지 못한 말이 자꾸 걸린다 밝고 맑고 화 사한 곳을 아시면 제발 나를 좀 데려다주세요 스포츠 신 문 연예면같이 화려한 그곳

## 강변여관

이른 봄 먼 여관에 몸을 부렸다
움트지 못한 나뭇가지가
지난겨울 날갯죽지처럼 웅크린 저녁
피는 꽃 위로 어둠이 포개지고
흐르는 물결 속으로 달빛이 스민다
모든 게 한 번에 일어나는 일 같지만
오랜 생을 나눠 가진 지분들이 서로 허물을
가만히 덮어 준다 경계를 지우며 살 섞는 시간
낯선 세상에 와 있다는 건
욕망의 한 부분을 드러내
무던히 참았던 육신을 들어내는 일
시시해 보이는 창가 의자에 앉아
허물을 격려하지 못해 멀어진
사람들을 생각한다
잊어버린 주문처럼 쓸쓸한 이름
가끔 누군가도 나를 떠올리는
측은한 저녁이 올 테지
허물 대신 온기 없는 낡은 침대와

살을 섞으며 시든 불화의 목록에서
견디지 못해 그어 버린 경계를
그렇게나마 지워 보는 것이다

# 큰사람

장자인 나는 집안에서 처음 대학을 갔다
마을에서도 유일했다 그러나 아버지는
그 대학이 못마땅해 통박을 주었고 엄마는
당신은 국민학교도 못 나왔는데 그게 어디냐며
통박을 통박으로 맞받았다 여든 살이나 자신 할머
니는
밍기가 이제 큰사람 될 거라고 두고 보라며
만나는 사람마다 자랑을 하셨다
할머니는 끼니 때마다 반주 두 잔을 곁들였는데
나는 큰사람이 되기 위해 가끔 반주를 함께 마시기
도 하고
주말이나 방학 때면 집 앞 여울가에 나란히 앉아
아버지 몰래 박하맛 나는 수정담배를 나누어 피우
기도 했다
그럴 때면 우리 큰 새끼 우야든지 마이 배워
꼭 큰사람 되라고 말하시던 할머니
어느 해 이맘쯤 조반과 반주 두 잔을 달게 드시고
짱짱한 가을볕 속으로 꼿꼿하게 떠나셨다

나는 큰사람이 되기 위해 객지와 바다 위를 무시로 떠돌았지만

　서른을 지나 마흔 넘도록 사는 일에 쫓겨 다니기 일쑤였다

　볼 때마다 통박을 주던 아버지마저 선산의 산감이 되고서야

　큰사람 되는 것을 포기하고 집으로 돌아왔다

　이제 오십이 넘어 무슨 큰사람이 될까 싶었는데

　할머니 기제삿날 옷매무새를 갖추느라 거울 앞을 서성대다

　장탄식을 내뱉었다 일백팔십이 센티의 키에 몸무게

　백 킬로그램이 넘는 큰 사람이 거울이 다 차도록 서 있었다

# 아랫집

혼자 살던 이가
뇌출혈로 쓰러져 떠나고 나보다 두어 살 아래인 이가
아픈 몸을 끌고 그 집에 살러 왔다
병든 몸이 떠나고 아픈 몸이 들었지만
집은 묵묵하게 서서 자기가 지켜본 것을
아무에게도 말하지 않았다

몸을 맡기는 사람이 바뀌어도
집은 아무런 내색이 없었지만
이따금 바깥이 궁금해 큰길 쪽으로
그림자를 길게 뽑아 보는 게 전부였다
가깝게 지내는 짙은 산그늘에게도
아무런 말을 하지 않았다

떠난 사람을 따라가지 못한 감나무는
자꾸 커 가고 이파리는 넓어지는데
언젠가 큰길로 뻗는 집의 그림자마저
먹어 치울 게 분명했다

다른 세상이 그리워도
벗어날 수 없는 멍에처럼 붙박이는 것이 있어
바람 부는 저녁이면 그런 집도 답답했던지
낡은 양철 지붕과 서까래 사이
저만 아는 서글픈 노래 같은
묵은 소리를 내다가 잠잠해지곤 한다

# 노회찬 前

누구나 믿음 하나쯤 가지고 살지만
신념과 확신은 다른 말이지
매주 복권에 거는 기대처럼
외롭고도 신선한 심정이랄까

그런 사람 하나 솟구쳐 올랐다
추락해 버린 날 비애나 비통보다
순정이나 순교를 떠올린 심정이랄까

믿음이라는 날개가 꺾이는 순간
확신이 되어 버린 바닥을 보았을지도 모르지
신념이란 누군가 가슴 깊이 감춰 두었던
떨림을 꺼내 쓰레기통에 버린
지난 회차 복권 같은 것

차라리 꿈꾸지 않는 것이
행복일지도 몰라
애처로운 마음에 기대어

누가 버리고 간 떨림이나 바라보는 일

지금은 흐린 하늘 아래 바람 부는
일요일 하오 네 시경
남은 것들은 바람 속에 흔들리는
초겨울 나뭇잎 같아서
텅 빈 심정을 부여잡고
망연히 바라보다 흩어질 뿐

안녕, 한때의 믿음이여

# 황지黃池

물길이 시작되는 곳에서 발길을 멈췄다
긴 갱도 끝 어둠 속에서 뛰어내린 생들은
뒤돌아보지 않고 흩어졌다 궁핍했던 철로변은
퍼지지 않는 척추처럼 휘어져 지나간 날의 뒤에 남았다
사람을 버린 집은 선 채로 노숙 중이었고
부러진 소반과 식은 지 오래된 밥그릇의 곡절은 알 수 없
었다
허물어진 것은 허물어진 대로 버려진 것은 버려진 대로
망각과 기억 사이를 떠돌았다 그을린 담벼락에 기댄 채
삭아 버린 리어카도 한때는 누군가의 삶을 부지런히 날
랐을 테고
닳아빠진 빗자루와 깨진 삽자루도 어느 갈피에서는
마른 땅바닥 위에 힘깨나 쓰던 청춘이었을 텐데
한나절 부뚜막처럼 앉아서 돌아와도 더 이상
쓸모없어진 사람들을 생각했다 어쩌면 더 지독한 가난
으로
좌표를 옮겼을지 모를 사람들 시간이 지나면 잊힐 만도
한데

어떤 말은 깊게 박힌 옹이처럼 자꾸만 딱딱해진다
늦도록 그 말을 헤아리다 음각 같은 우묵한 저녁이 왔다
벌어진 경첩 사이로 칸델라 불빛 같은 달이 차올랐다

# 청량리

자작나무 그늘 아래
사내 몇이 잠을 청한다
덜 취한 몇은 남은 술병을 기울이고
아이들은 작은 돌을 던지며 비둘기를 쫓는다
익명의 절망이 모여 이런 평온한 풍경이 되다니

인도에선 부랑아도 신비롭다던 말을
면전에서 비웃은 적이 있다
그렇게 부러우면 신비롭게 살든가

그땐 알지 못했다
혀끝에 담지 않고 뱉어낸 말에서
모든 비하가 기어 나온다는 것을
부랑아와 당신 그리고
먼 나라의 알 수 없는 신비까지 참 무참했겠다

아무렇게나 누워 잠을 청하는 사내들과
무심히 술병을 기울이는 그들과

비둘기를 향해 날아가는 작은 돌까지
신비로운 부랑의 곁에서 당신도
누군가를 비하했던 순간을 생각했을지 모르는데

오래 입은 속옷처럼
자취라는 말을 버릴 수 없어
몸이 기억하는 시간 속으로
쓰러지지 않으려 휘청거리며 건디는 생들이
안쓰럽다 못해 신비하다
그날 당신이 성내지 않던 이유를 비로소 알겠다

더는 멀리 갈 수도 없는
이승의 한 귀퉁이를 껴안은 채
간신히 늙어 가는 사내가
받던 술잔을 떨어뜨리며 제 그림자 위로 포개진다

# 강릉 가는 길

큰길 버리고 등명고개 넘어
낙가사 앞을 지나간다
강산이 몇 번 바뀌는 동안
세상사 뜻대로 되지 않으면
숨을 곳 찾아 넘나들던 길
어느 때는 색 바랜 완행열차에
버리지 못한 미련을 싣고 변방의
바닷가를 마냥 떠돌았다
나도 기를 쓰며 살았는데
한없이 밀려와 흐트러지는
파도 거품 같은 헛발질이 다반사였다
그럴 때마다 울고 싶었지만
마땅히 울 곳을 찾지 못해
비포장길을 내달리는 버스 안에서
몸부림처럼 흔들리기도 했다
몇 번이나 세상이 뒤집히고
새로 난 길로 사람들이
밀물같이 몰려와도

정동진 지나 바닷가 작은 마을에는
해풍에 삭아 버린 오래전 슬픔이
먼 곳으로 돌아오는 한 사람을
여전히 기다리고 있겠다

**2부**
실려 가는 개들

# 유기동물 보호소

버려진 개 한 마리 데려다 놓고
얼마 전 떠나 버린 사람의
시집을 펼쳐 읽는다
슬픔을 더 슬프게 하는 건
시만 한 게 없지
개 한 마리 데려왔을 뿐인데
칠십 마리의 개가 일제히 짖는다
흰 슬픔 검은 슬픔 누런 슬픔
큰 슬픔 작은 슬픔
슬픔이 슬픔을 알아본다
갈피를 꽂아 두었던
시의 가장 아픈 문장에
밑줄을 긋고 나니
남은 문장들이 일제히 눈가에 젖어든다
슬픔은 다 같이 슬퍼야 견딜 수 있다

# 손의 이력서

손은 밥을 버는 힘이다
인디언들은 손의 힘을 돋우기 위해
사냥 나서기 전날 밤 밤새 손바닥을 두드리거나
손으로 북을 쳤다 막노동 새벽밥
사십 년이나 먹었다는 목수 오야지 황 씨
벌겋게 달아오른 드럼통에 언 손을 녹이고
허리춤에 장도리를 빼내어 굵은 손가락 마디를 두드
린다

"요로코롬 두딜기 주야 곱은 것이 바로 펴지제 하도
두딜기서 손도 지 손인지 모를 것이여 손바닥을 두딜기
면 굳은살 땜시 튕겨 나온당게"

살리겠다고 내민 손을
해치는 줄 알고 물어 버린 개
버림받은 상처가 고스란히 손등에 옮았다
상처를 붕대로 감싸고 보니
잡힌 저나 잡아 온 나도 한동안 밥걱정은 덜겠구나 싶

은 날
  인디언처럼 늙은 목수처럼
  상처 입은 내 손이 모처럼 선해 보인다

# 악을 쓰며 짖는 개에게

나도 살자고 한 일이라
미안하다는 말은 하지 않겠다
어디 갈 곳이라도 있는지 모르겠지만
돌아갈 수는 없다
기억하는 것을 지우고
숙명이란 말을 받아들여야 한다
어떤 관계는 참 비통하지
버리고 돌아선 사람은
아무렇지도 않겠지만
어디선가 속죄를 대신 할 사람이
너를 찾아다니고 있을지도 모른다
벽에 머리를 찧으며 끊임없이
왜냐고 묻고 있지만 대답해 줄 수가 없다
공손한 너를 데리고 저녁 한때를 걸어가던 사람이
누구인지 알지 못한다
오직 오늘만은 살아야겠다고 발버둥 치는 우리는
같은 족속일지도 모른다
어느 편에도 서지 못하는 아나키처럼

서로의 슬픔을 막아서는 중이다
더 이상 맨발인 너를 위해 해 줄 게 없구나
곧 체념이 친구처럼 옆에 와 누울 것이다
쏟아붓는 기원과 비통은 회랑으로 흩어질 뿐
아가 쉰 목을 내려놓고 그만 밥을 먹자
어제와 다른 첫 밤이 오고 있다

# 실려 가는 개들

해 지는 초겨울 속으로 개들이 실려 간다
구멍 뚫린 철창에 구겨진 체념 덩어리
멈추지 않고 달려가는 오래전의 미래
한 번도 틀리는 법이 없는 운명이란
명확하고 지독하다

하지만 출처조차 알 수 없는 생이
이제 와 무슨 상관이란 말인가
뜨기 위해 있는지 감기 위해 있는지
모르는 눈처럼 어차피
출구조차 알 길 없는데
차라리 지나쳐 버린 과거라도 생각하렴
그곳에는 두고 온 한때라도 있으니

지상에 깃드는 날들이 내 것인 줄 알고 살았으나
지난 한때에 마음을 모두 두고 와
쓸쓸한 저녁 풍경이나 쫓아가는 몸은
참혹이란 말을 차마 입 밖으로 뱉지도 못한다

어디 실려 가는 것이 개들뿐이겠나
실려 가고 끌려가는 것에겐 관용이란 말을
쓰지 않는다는 걸 오랫동안 믿고 살았다
낡은 트럭의 속도만큼 숭고는 멀어지고
어느 몸뚱이에선가 창살 밖으로 튀어나온
때 묻은 털깃이 한 올 한 올 떨리고 있다

# 호우주의보

종일 비가 내린다는데
바깥 견사의 개들은
온기 없는 고요를 끌어 덮은 채
마냥 웅크리고 있다
온기 없다는 말은 어떤
간절함이 고인 것 같아서
빗물 차오르는 물그릇에
자꾸만 눈이 간다
숨이 붙어 있는 것들은
절실할 때가 있지
따뜻했던 기억의 사무침은
어디까지였을까
목숨이 송두리째
내동댕이쳐진다는 건
바닥을 내리치며 부숴지는
빗줄기의 마지막 파문 같은 것
비는 종일 내린다는데
허기진 생의 연민 하나가

고개를 들어 다른 연민을 들여다보다
부푼 슬픔을 베고 돌아눕는다

# 공터에서 샌프란시스코까지

수녀원 뒷산 공터에서 만난 파티마
녹슨 사슬에 묶여 방치된 채
굴참나무 낙엽 위에 갓 낳은 새끼를 돌보고 있었지
아무것도 해 줄 게 없어 가져간 이불을 덮어 주었을 때
따뜻한 혓바닥으로 손등을 순하게 핥아 주었지
해 줄 수 없는 애를 쓰다 돌아서는데
마른 몸을 일으켜 배웅하던 엉킨 실타래 같았지
사람들은 언제 죽어도 이상할 게 없다고 했지만
세상에 그런 목숨이 어디 있느냐고 날마다 찾아갔지
젖 뗄 무렵 새끼들을 안고 나서자
저도 데려가 달라고 처음으로 짖던 파티마
풀린 목줄을 공터에 남긴 채 어린 새끼들을 따라
제 발로 케이지 속으로 들어가던 뜨거운 모정
솜뭉치 같은 새끼들이 하나둘 보호소를 떠나고
병든 몸으로 가끔 눈물 맺히던 지극한 몸을
어떻게든 살려 주고 싶었네 이 딱한 사정을
페이스북에 올린 밤 세상에 그렇게 죽어도 될 목숨은
없다며

한 번도 만난 적 없는 사람들이 순식간에 치료비를 모
아 주었지

기적 같은 밤이 지나자 나는 비로소 사람다운 사람이
된 것 같았지

치료받을 보호소로 떠나던 날 차창 너머 발짓을 하며
눈 맞추던 파티마

위험한 고비를 여러 번 넘겼다는 얘기를 전해 들을 때면

잊어버리고 있던 성모송을 몇 번이나 암송하기도 했지

그날도 여름 해변에 버려진 개를 달래는 중이었네

메시지로 전송된 사진 몇 장 물개처럼 매끈해진 파티
마였지만

금문교 건너 도착한 샌프란시스코에서는 지니라고

달아오른 여름 해변이 왈칵 쏟아져 내릴 것만 같았네

한겨울 야산 공터에 버려졌던 엉킨 실타래가

마치 오래전부터 그곳에서 살았던 지니처럼 서 있었네

샌프란시스코의 지니가 태평양 건너 공터의 파티마가
생각날 때

어쩌다 한 번쯤 저를 안고 달래던 사람 하나 기억했으

면 좋겠네

   안녕! 지니, 이제는 바우와우 짖겠네

# 검은 개

장마 같은 가을비가 유난하다
굵은 빗방울 너머 호젓한 골짜기 초입에
버려졌던 검은 개 두 녀석이 무심히
나를 쳐다본다 어느 발에 치이다
어떤 손에 이끌려 버려졌을까
물끄러미 바라보는 눈빛이
가을비처럼 맑다
버린 놈보다 비좁은 견사에 가둔
너는 더 나은 놈이냐고 묻는 것 같다
빗물 고인 깨진 시멘트 바닥 위로
구슬픈 망가처럼 비는 내리고
폐허 아닌 폐허에서 우리는 서로 낯을 익힌다
애써 서원誓願 하지 않아도
이보다 더 낮은 곳이 있을까
아무런 믿음이 없어도 더 이상 잘못이 아니지
굽은 발등이 다 젖도록
헐거워진 목줄에 기대어
다시는 믿을 수 없는 약속처럼

짖는 법을 감추고서 있다

# 돌아갈 곳 없는 사람처럼 서 있었다

버림받은 채 잡혀 와 바깥 견사에 갇힌
개들의 이름을 지어 주다 그만두었다
거절당할 이름만큼 실없는 것도 없으니
허기진 생의 결장에 갇힌 몸이란
살아도 산 게 아니란 걸 저들도 안다
창살 사이 눈을 맞추면 착한 눈빛
어디선가 잃어버린 이름이 보일 듯하지만
머지않아 잊히겠지 고개를 숙이고
하릴없이 바닥을 긁거나 빈 그릇을 핥으며
늘 그랬던 것처럼 체념이 익숙한 육신들
때로는 서늘한 눈빛으로 바람을 향해 짖어대는 건
아직 다 버리지 못한 마음이 있어서겠지
문도 벽이 되어 버린 녹슨 창살 사이
그 마음조차 번지지 못하는 성근 봄이 지나가고
나는 저들의 피붙이라도 되는 양
먼발치 만개한 라일락 꽃대를 쳐다보며
돌아갈 곳 없는 사람처럼 서 있었다

# 버려지는 것들에 대하여

강아지 다섯 마리와 다리 부러진 고양이
한 마리를 데려다 놓으니 날이 저문다
이 좋은 가을날에도 태어나 버려지는 것들이 있어
저마다 살겠다고 어둡고 습한 곳으로 숨어든다
잊지 못한 자궁의 기억 때문일까
엉덩이를 돌린 채 고개를 파묻고 몸을 떤다
작은 몸에 손을 대면 고스란히 손끝에 전해지는 두
려움
지붕을 맞댄 낡은 집들이 세상의 처음이자 전부인
곳에서
아무리 달래 보아도 눈빛은 돌아설 줄 모르고
털뭉치 같은 몸을 더듬는 손가락 사이로 빠져나가는
희미한 신음이 너무나 살고 싶다는 말 같아
나도 신음처럼 그래그래 입내 소리를
어둠 속으로 흘려보내며 무릎 꿇고 팔을 뻗는다
겨우 한자리에 모아 놓은 출처 알 수 없는 생들
어느 집 갈라진 아궁이 속 어둠이
그대로 남은 새까만 눈망울들에게

알아듣지 못할 사람의 말이 무슨 위안이 될까
그래도 다행이란 마음과 차라리 그만두고 싶은 마음이
부여안은 조그마한 몸처럼 떨린다

# 리기다소나무 아래에서

산속에 버려진 채 거머리투성이가 된 개를 데려와 여름 볕 피해

리기다소나무 그늘에 묶어 두었다 집이라고 한 칸 내주었지만

집 안에 들어가는 법이 없었다 어떤 날에는 지붕 위에 앉아 있거나

집을 이리저리 끌고 다니기도 했다 지나야 할 곳은 모두 지나왔다는 듯

스스럼이 없었다 하루 몇 번 눈 맞추고 만져 주는 게 전부였지만

오래된 친구처럼 앞발을 들어 격하게 몸을 끌어안고서 껑충껑충

뛰어올랐다 사람을 이렇게 좋아라 하는 개를 산속까지 끌고 가

버린 사람이 야속했다 늦봄에 와서 여름 가을 지나 겨울이 머지않았는데

떨어진 솔방울을 공처럼 굴리며 놀거나 녹슨 침엽수 이파리가 떨어져 쌓이면

무릎을 세우고 쪼그리고 앉아 검은 발톱과 발등 사이
를 핥으며

　자기만 아는 낙서를 하곤 했다 어느 날 아침에는 목줄
이 풀린 채

　보호소 마당을 배회하다 출근하는 나를 향해 드러눕
기도 했다

　버린 사람도 가둔 사람도 원망하지 않았다 보호소가
자기 집인 줄 알고 살았다

　말뿐인 인도주의 안락사 순번이 다가오는데 무엇이
그리 즐거운지

　종일 가만있는 법을 몰랐다 비가 오면 비를 맞으며 밥
그릇과

　물그릇을 발로 차며 놀았다 오래전부터 보호소에 사
는 놈 같았다

　안락사 순번을 고민하던 날 거짓말처럼 입양자가 나
타났다 생전 한 번

　가 볼 수나 있을까 싶은 로스앤젤레스, 사람을 가리지
않는 녀석의

기운이 바다 건너 먼 곳까지 번진 것 같았다 흰 털이
회색빛이 되도록
　바깥에서 노는 걸 좋아하는 녀석을 깨끗하게 씻겨 떠
나보냈다
　가는 날 아침에도 차에 오르지 않으려 발버둥 쳤다 집
떠나기 싫어하는
　아이 같았다 떠난 자리에는 몇 달 동안 개를 꼭 안고
있던 굵은 목줄과
　잘 들어가지 않던 빈집만 남았다 그렇게 떠난 그늘진
빈집에 걸터앉아
　혼잣말을 중얼거렸다 사람이나 개나 그렇게 사람이
좋으면
　사람과 함께 살아야지, 그곳이 어디든

# 인도주의적 안락사

죽은 개를 거두고 돌아와
소주 한 대접 마시고 잠들고 싶은 밤
길거리에는 수없는 불길함이 돌아다니고
사는 게 왜 이런가 생각하다가
사는 건 늘 그랬지, 혼자 중얼거린다

밑동까지 베어낸 대추나무에서
새순이 자라듯 버려진 개를
거두어들인 거리에는
날마다 새로운 개들이 버려진다

감당할 수 없는 버림에 대한
보호소의 준칙은
괄호 속 짤막한 지문 같은 한 줄
(인도주의적 안락사)
버려진 목숨을 앗아 가는 일이
어떻게 인도주의인지 알 수 없지만
오늘도 개 몇 마리가 영문도 모른 채

인도주의적으로 죽었다

차디찬 냉동고에 주검을 구겨 넣고
인도주의자들은 아무런 일 없다는 듯 흩어졌다
오래전 사라진 익명의 사람들이
자기 몸을 제물로 쓰고 남기고 간 우리처럼
개도 그렇게 살아가라고 태어난 목숨인데

갈색 속눈썹 긴 개가 미동 없이 눈 감을 때
채 식지 않은 몸 어디에도 보이지 않던 인도주의
어떤 날은 견사에 갇힌 개들을 다 풀어 주고
목줄을 맨 내가 갇혀 있는 인도주의적인 꿈을 꾸기도
한다

# 결이 다른 말

갇혀 지내는 것들은 간헐적으로 짖는다
갇힌 것이 못내 겨운 몸부림이거나
오랫동안 연마한 관습처럼
딱딱하게 굳어 버린 결이 다른 고백 같다
칸칸이 가로지른 견사에서
그들은 서로 만난 적이 없는데
어느 칸에선가 짖는 소리가 들리면
다른 칸에서 그 소리를 받아 짖는다
아무런 그림자도 없는 실내 견사
개들은 오직 짖는 일로 자신의 정체를
증명한다 운명을 가늠할
사주라도 봐 주고 싶지만 생시조차
알 수 없는 비루한 영혼들
몸부림인지 관습 같은 고백인지 모를 소리가
회랑을 지나 바깥 견사로 옮아가는 동안
이제 막 결이 다른 말을 배우기 시작한
어린 개가 벽을 보며 혼자서 수군거리고 있다

# 고요보다 더 고요한

집에 드나들던 고양이 월래가 죽은 밤
잠자리에 들었다가 다시 마루에 나와 앉았다
짝 잃은 고양이 말래는 종일 보이지 않고
목줄을 풀어놓은 유기견 봄이는
거실 앞 창가에 붙어 잔다

창 쪽으로 머리를 둔 채 잠든 엄마와 제일 가까운 곳
저를 어여뻐 하는 사람 곁에서 떨어지지 않는다
어둠을 돋우던 개구리 울음소리가 한순간 멈췄다
이따금 동회관에서 들리는 스피커 소리조차 없는 날
이면
사람 안 사는 마을 같다

간혹 새소리나 신우대를 흔들며 지나가는 바람 소리
만
고요를 가를 뿐, 어둠이 내릴 때쯤 한낮의 고요를 밀
어내며
또 다른 고요가 더 크고 짙게 마을을 뒤덮는다

한동안 어둠을 깨운 건 개구리 울음소리였는데
이제 소쩍새가 어둠을 견디느라 자꾸만 운다

무성한 아름드리 감나무 위로 이 살풍경의 배후 같은
달이 차올랐다 기울고 다시는 돌아오지 않을 고양이
처럼
나도 영영 무소식인 날이 오면 내가 앉았던 자리에
철 지난 시간들이 스며들어 돌아오지 않는 나를 기다
리는
고양이가 있을지도 모르지

# 3부

빛도 없이 낡아 가며 흐르는 몸

# 오월

함바에 앉아 이른 점심 먹는데 문을 열고 들어서는 바싹 마른 사내 배식대를 지나 냉장고 앞을 서성이다 검은 비닐봉지에 소주 몇 병 집어넣는다 주인이 안쓰러운 얼굴로 이제 술 좀 그만 마시라고 소용없는 말을 건네자 가볍게 고개만 끄덕이는 사내 일주일째다 남들 현장으로 들어서는 시간 비틀거리며 길 건너 함바로 가던 저이를 본 게 어디선가 취해 잠들고 깨면 술 받으러 나서는 길이었겠지 이 현장 어느 공구에서 땀에 젖던 사내를 한 번에 허물어 버린 것은 무엇인가 검은 비닐봉지 가득 알 수 없는 사연과 망각의 시간을 쓸어 담은 그가 흙먼지 날리는 길을 비틀비틀 되짚어 간다 그새 뜨거워진 한낮의 볕이 맥없는 사내 등짝을 어루만지는데, 나는 짐짓 또 혼잣말을 중얼거려 보는 것이다

― 그러나 사내여! 봄이다 만신창이가 된 채 사 년이나 누워 있던 녹슨 세월호도 마침내 일어선 오월이다

## 상강霜降

첫서리 내린 날
지는 단풍나무 아래서 일한다
좁은 장비 안에서
꽃 피고 잎 지는 시간을 무심히 흘려보낸다

작은 빗방울이 굵은 빗줄기가 되자
하던 일 멈추고 김 오르는 함바집에 둘러앉았다
밥그릇 넘치도록 밥을 푸는 늙은 사내는
언제 씻었는지 짐작하기도 어렵다

수저를 든 곱은 손이 온통 상처다
손가락 하나 굵기가 내 손가락 두 개 같다
손이 크니 상처도 두 배겠다

평생 저 손으로 벌어먹었을 텐데
저이는 왜 아직도 벅차 보일까
저러다 윤기 잃은 채
어느 담벼락 아래 쓰러지고 말

녹슨 쇠스랑 같은 사람

이럴 때면 아무런
쓸모가 없어지는 비유와 은유 들
누군가에게는 피고 지는 시간이
한데를 떠도는 차가운 바람처럼
거친 날숨 소리로 남아 있겠다

## 파문

인력 사무실 거쳐
날품 팔러 온 늙은 사내
일 시작하기도 전에
쏟아지는 비에 쫓겨
빈 컨테이너로 몸을 피한다

헤아릴 수 없이 부서지는
굵은 빗방울만큼
급한 숨 몰아쉬며 잔기침 뱉는
노구의 오랜 내력을 알 수 없다

비 오는 새벽
사는 일에 떠밀려 나와
비에 쫓겨나는 아침
열린 문밖 캄캄한 하늘이
물빛 젖은 얼굴 위로 스며들 때

한없이 넓은 세상도

때로는 막다른 길이라서
새삼 유난 떨 일도 아니라며
더는 머물지 못하고
돌아서는 노구여
이 우중에 또 어디로 가시려나

# 안면도

필리핀에서 온 여가수가
새드무비를 부른다
가판대에 틀어 놓은
혼자 부르는
추억의 팝송 전집처럼
부피 줄어든
식민지적 발음으로 부른다
미국 말은 태평양 건너
적도를 지나치며
화려함을 잃고
습기를 머금는다
슈 탐슨이란 가수는
저 슬픈 가사를
참 경쾌하게 불렀다
적도를 지나온 젖은 구름처럼
바다 건너온 그녀가
저무는 타국의 바닷가에서
부르는 새드무비

달아오른 유흥을 끌어안고
젖어드는 놀빛 노동

# 쉼보르스카는 모른다


쉼보르스카를 읽는 밤, 절정이 지나도록 피지 않는 능소화와 때가 되기도 전에 피어 버린 배롱나무 꽃을 생각한다 끝과 시작 사이, 어긋난 꽃처럼 때를 찾아낸다는 건 무모한 짓이다 태풍이 오고 비바람이 쳐도 방 안에선 선풍기가 돌아가고, 나는 어떤 말에 따옴표를 쳐야 할지 모르겠다 꽃 피고 지는 이치를 모를 리 없지만 모른다 두 번이 없으니 세 번과 네 번도 없겠지 당신의 시는 너무 합당하고 인간적이라서 때로는 실망스럽다 희망 없는 줄 뻔히 알면서 희망을 얘기하는 건 기만일 뿐 저버린 희망들이 뜨거운 한낮을 피해 어깨 걸고 대오를 맞춰 걸어가는 것을 본 적 있는지 그들이 선택할 수 있는 건 기껏 뜨거운 한낮을 피하는 것이 전부다 그렇다면 이제 따옴표를 쳐야겠지 '이치를 모를 리 없지만 모른다' 우린 아직 한 번도 오지 않은 절정과 때를 수없이 반복한다 그저 "아무런 연습 없이 태어나서 아무런 훈련 없이"* 죽어 갈 뿐이다 그것조차 모를 리 없지만 모른다


* 비스와바 쉼보르스카 「두 번은 없다」에서 차용

# 목수

못 주머니를 찬 사람이 떨어졌다
낮달과 해 사이 그가 쳐대던 못처럼 박혔다
점심을 나와 함께 먹었던 사람
맞물리지 않은 비계에 발을 헛딛고
허공에서 바닥으로 느닷없이 떨어졌다
짧은 절명의 순간에도 살겠다고 몸부림쳤지만
안전모가 튕겨져 나가고 박히지 않은 못이 먼저 쏟아
졌다
세상 한 귀퉁이에서 이름 없이도 살아 보겠다고
낡은 안전화를 끌고 날마다 비계를 오르던
늙은 목수가 남긴 유산이라곤 허름한 못 주머니와
상처투성이인 안전모와 조악한 싸구려 안전화가 전
부였다
자기 전부를 걸고 일하는 사람은 마지막까지 필사적
이다
사람들이 몰려들고 구급차가 달려올 때 마디 굵은 손
으로
바닥을 짚으며 일어서려던 사람이 끝내 숨을 거두고

현장은 서둘러 정리되었다 장국에 만 밥을
크게 한술 뜨며 했던 그의 말이 자꾸만 거슬렸다
못질할 때 말이여 첫 대가리만 때려 보면 알어
단박에 들어갈 놈인지 굽어져 뽑혀 나올 놈인지
낮달과 해 사이에 박혀 버린 그는 어떤 못이었을까

# 시우時雨

　담배 하나 물고 새벽 빗소리 듣는다 어디서 나선 길이기에 흩어지는 소리마저 이토록 아득한가 비보다 눈이 더 많이 쏟아지는 북해도 끝자락에서 삼 년을 지냈다 점선을 그리듯 끝없이 쏟아지던 눈, 눈길 위에 발자국을 찍으면 다른 눈이 이내 그 자취를 지웠다 짖지 못하도록 성대가 잘린 러시아 큰 개들은 소리 없이 종일 눈 위를 뛰어다녔다

　이산처럼 흩날리던 눈, 짖지 못하는 개, 음울한 까마귀 떼와 묶인 배들 그것들은 이국의 겨울 포구를 껴안고 있었지만 서로 적막함을 키울 뿐이었다 이따금 국적 다른 사내들이 선실 문을 열고 나와 긴 하품을 하며 담배를 피웠다 럭키스트라이크, 마일드세븐, 세븐스타 같은 이름들로 포구는 딴 세상 같았다

　묶인 배는 줄을 풀어야 비로소 떠났고 돌아와야 오는 것이었다 어느 해는 아주 돌아오지 못한 배도 있었다 그 배에 탄 개는 가라앉을 때 비명 한마디 지르지 못했을 테

지 흘러간다는 건 돌아오지 못한 배처럼 볼 수 없는 것들
이 늘어나는 일 지나간 삼 년과 어디론가 스며든 눈과 지
워진 발자국이 짖지 못하는 개들과 어디선가 서로 껴안
은 채 여전히 적막을 키우고 있을 것만 같다

　신새벽 내리는 빗소리에 갈피를 잃고 정처 없는 사람
이 되어 이내 지나간 것들이 되어 문 열고 나가 담배를 피
운다 머금은 담배 연기 속 긴 한숨을 감춰 뿜어내던 그들
도 잦아들지 않는 비처럼 먼먼 곳으로 뿔뿔이 흩어졌겠
지 하지만 누군가는 아직도 모서리 같은 생을 부여잡고
커져 가는 적막 속을 서성일지도 모르겠다

# 퇴근 무렵

종일 유폐되었다 자의 타의 고의 아무려면 어떤가 갇혀 있을 뿐인데 육십 넘은 아들이 망백의 어머니를 목 졸라 죽이고 서른 넘은 손자가 신고를 했다는 공간 속 또 다른 공간, 서로 물고 물리며 유폐를 견디지 못한 이들이 몰락을 본다

문을 열고 나가면 세상은 다시 나를 가둘 것이 뻔하다 되고 안 되는 일을 의지라고 믿고 있지만 어느 한순간 몰락하는 시간에 가까울 뿐

절망이라고 주문을 외우면 신기하게도 정말 절망이 온다 하지만 희망이라고 주문을 외울 필요는 없다 더 가혹한 절망을 보게 될 테니

세상일은 언제나 무엇이든 상관없다 풀리지 않는 큐브 속 색다른 줄을 맞추듯 의지라고 믿는 몰락을 향해 문을 열고 나설 시간이다

# 가담의 저편

　한가한 화요일 아침은 드문 일이다 작은 바람이 뒤치
는 이파리들을 구경한다 삶의 배경처럼 자동차들은 쉼
없이 질주하고 이런 한가함이란 이질적인 타인의 생 같
다 나 없는 시간 속의 나 그러니까 바둑판 훈수같이 불
보듯 빤한 순리나 진리 따위는 늘 남의 이야기다 누구나
보이는 것들이 보이지 않을 때가 자기 생이란 걸 배우지
못했다 강요당한 극복과 의지를 파란만장이라고 말하지
만 결국 참담한 고백일 뿐 바람이 바뀌는 한순간 뒤집히
는 것을 볼 때가 있다 늘 자기 앞의 허상을 확신하고 살지
만 아무도 그것을 숭배라고 말하지 않는다 뒤집히는 순
간을 보는 일은 반복된 확신을 불신하는 일 오래 지은 죄
를 일시에 사하는 고해성사처럼 표리부동하다 그러므
로 난데없는 것들은 폄하된 부록같이 여전히 허전하다
결과 결속은 어떻게 다른가 흘러가는 것과 가둬 놓은 것
사이에서 쫓기며 앙망하는 가련한 생이여 한순간 뒤집
어지는 이파리처럼 모든 것은 아니므로 다 맞다 희망 없
는 세상이라도 기어이 살 수밖에 없다는 어느 소설가의
말은 아무것도 경배할 것이 없으니 차라리 모든 것을 경

배하란 말인가 피식 웃어 주기엔 무릇 당신의 말은 당혹
과 낭패라서 참 다행이다 마치 드물게 한가한 이 화요일
아침처럼

# 빛도 없이 낡아 가며 흐르는 몸

야적장 철근을 옮긴다
이것도 한때는 흐르는 물이었을 거라
먼 시간 저도 모르게 흘러와 쌓이고 굳었지만
물결이었을 때를 기억하느라 휘청거린다

현장에선 고요한 명상은 필요 없다
쓰임새에 맞으면 죽어서도 살아 있다
산 자의 근육처럼 일렁이는 철근 그림자

장비에 얹히는 철근 무게가 늘어날 때마다
나도 모르게 자꾸만 허리 굽히며 겸손해진다
탄력과 반동에 익숙해진 습성
마치 저 무거운 것을 등에 지고
한없이 어디론가 흘러가야만 할 것 같다

세상에 없는 사람들이 남기고 간 것은
대체로 패배나 열등이다
자본주의 장점은 그것을

아무렇지 않게 흘려보내는 것이다
반나절 휘청거리는 철근 몇 다발 옮겼을 뿐인데
한생이 다 흐른 듯 마음이 헐거워진다

# 어두운 고해소의 문처럼

죽은 사람이
들고 나는 장례식장 앞
태국과 인도네시안 노동자들이
어깨에 철근을 메고 나른다
서툰 우리말을
저희 말처럼 주고 받으며
운구차 옆을 비켜
가파른 비계를 오르내린다
입 다물고 아주 떠나는 사람과
서툰 말로 간신히 사는 사람이
떨어지는 이파리 잎맥처럼
말없이 갈라지는 저녁
어두운 고해소의 문을 닫고 나오듯
산 자와 죽은 자 사이
순교를 위해 순정을 다할 것처럼
순교를 위해 순정을 다한 것처럼
붉은 영산홍이 피었다 진다

# 죽은 개를 치우다

철근 받는 작업 한창일 때
야적장에서 죽은 개 한 마리
치워 달라는 연락이 왔다
해안 사구를 돌아 야적장에 올랐더니
속이 다 드러난 개 한 마리 늘어져 있었다
쏟아진 창자 위로 몰려든 파리 떼는
집채만 한 장비 따위 아랑곳없이
주검을 맛보기 위해 필사적이었다
사람들이 고개 돌리고 물러선
흙먼지 날리는 야적장에
죽은 개도 파리도 사람도
살겠다고 왔을 뿐인데 어떤 생은 이제
돌아올 수 없는 시간이 되어 버렸다
지난 시간을 쓸어 담듯 흘러내린 속내를 추슬러
웅덩이 속으로 밀어 넣자 죽음의 맛이 아쉬운 듯
파리 떼는 한동안 웅덩이 위를 떠나지 않았다
굳은 핏빛 번지는 웅덩이 속으로
꺾여 버린 삶이 가라앉는 동안

사람들은 천천히 사는 일을 다시 시작했다

# 말미

그늘 한 점 없이 달아오른 하오
언젠가 정물이 되어 버릴
이 풍경의 말미를 생각한다
길과 건물과 구조물은 점점
반듯해지고 인부들의 근력은
발아래 그림자와 비례할 것이다
짧아지는 속도를 쫓다가
길어지는 시간을 따라 지쳐 가겠지
번듯해지면 번듯해질수록
번듯한 곳에 남겨지지 못할 사람들
그렇게 쫓겨난 늙은 노동자가
더 물러설 곳 없는 철탑에 올라
뜨겁게 타들어 가는 목숨의 말미를
움켜쥐고 있다

# 절망을 견디는 법

보증 서 준 친구가 야반도주를 하고
그 빚을 고스란히 떠안았다

구경해 본 적도 없는 큰 빚이 너무 억울해
배를 내밀어 보았지만 보증서에
핏자국처럼 선명한 날인이 말라 갈수록
점점 더 단단하고 큰 빚쟁이가 될 뿐이었다

통장에서 빚이 빠져나가는 날이면
세상 있는 모든 욕을 끌고 와
저주를 퍼부었다 아무도 알아주지 않는
억울한 마음이 짓무르고
삶이 수척해졌지만 신기하게
빚은 점점 야위어 갔다

몇 해 동안 빚을 다 갚고 나니
그제야 도망간 친구의 안부가 궁금했다
더 이상 빚이 빠져나가지 않는 통장과

세상 모든 욕과 저주는 할 일을 잃었다

더는 만날 일 없을 테지만 한동안 나는
네게 보내는 욕설과 저주의 힘으로
세월 가는 줄 모르고 살았다
이제 나는 원래 그렇게 살던 사람 같다

어느 순간 우린 둘 다 절망이었을 텐데
너는 그 많은 욕과 저주를 어떻게 견뎠을까

# 커피믹스

전력질주를 하며 살던 때가 있었다
서두르지 않아도 될 일을 서두르다
커피를 찢어 뜨거운 물을 붓고
마시는 것도 잊은 채 마냥 폭주했다
불안한 미래를 감추기 위해
저당 잡힌 육신을 돌려 막다 돌아보면
기다리다 지쳐 버린 커피가
테이블 데스처럼 쌓여 갔다
오래 알고 지낸 사람들과
철학서적과 생을 다독이던 시집 대신
집요한 매뉴얼과 실적서에
지쳐 버린 내가 세상에 없는 사람 같았다
잊은 채 식어 버린 커피처럼
차갑게 굳은 염한 아버지 얼굴을 만지고 나와
마시던 커피는 얼마나 뜨거웠던지
나를 잊어버리며 식어 가던 커피에는
아무런 노선이 없다는 것을
그제야 알게 되었다

더 이상 서둘러야 할 일을 서두르지 않고
가끔 뜨거운 물에 커피를 부으며
끝까지 친절하지 않았던
차디찬 아버지 얼굴을 곁들여 마신다

# 성호를 그으며

다녀가신 지 이천 년이 되도록 변한 게 없습니다 티브이를 켜면 핏기 없는 건기의 누 새끼처럼 굶주린 아이들이 뒤틀린 팔다리로 누워 있습니다 잔반통엔 버려진 음식이 쌓일 대로 쌓이지만 아이들을 살릴 물고기와 보리떡은 턱없이 모자랍니다 봉사가 눈을 뜨고 앉은뱅이가 일어서려면 큰 병원에 전 재산을 다 밀어줘도 불가능합니다

젖과 꿀이 흐를 거라던 가나안은 혈흔이 낭자한 채 피를 머금은 이들이 원수가 되어 적개심을 키우며 끝없이 싸우고 있습니다 모세가 아니라 모세의 아버지가 온다고 한들, 깊이조차 가늠할 수 없는 자본주의의 늪에서 노예나 다름없이 굴종을 강요당하는 비정규직 노동자와 이주노동자, 매 맞는 여성과 머리 위로 폭탄이 떨어지는 아이들을 구할 수 없습니다

수천수만의 성도를 끌어모은 교회는 세 치 혀로 지키지도 않는 고린도전서를 제 것처럼 팔아 땅을 사고 부를

불려 대물림합니다 주일이면 교회 앞 도로를 주차장으로 만들어 버리면서도 세금조차 내길 거부합니다

끝날 때까지 끝난 게 아니란 말 따위로 우리를 달래시려면 그냥 이대로 끝나게 하옵소서 죄를 사하기도 전에 켜켜이 쌓이는 죄업 속에서도 부활을 믿으며 기다리다 지쳐 죽어 간 이들이 차고도 넘칩니다 믿기지 않겠으나 당신의 이름은 이곳저곳으로 팔려 다닌 지 이미 오래되었습니다

한 번도 약속하신 곳으로 부름을 받은 적이 없는 우리는 그곳의 안락과 평화로부터 얼마나 멀리 떨어져 있는지 알 수도 없습니다 혹여 그 안락과 평화에 빠져 다시 돌아올 거란 약속을 못 지키는 것이라면 이곳이 분명 지옥이라는 반증이겠지요

며칠째 비가 내립니다 비교적 세상을 공평하게 적시는 비마저도 누군가의 골육을 빨아 내리는 게 아닌가 의

심이 들 정도입니다 불신조차 믿음의 말씀으로 둔갑한
지상의 한 귀퉁이에서 그래도 당신과 아버지의 이름으
로 간절히 기도드립니다만, 정말 이래도 되는 것입니까

　　제기랄!

4부

목련꽃 필 때의 일

# 그런 저녁이 와서

그런 저녁이 오네
닮은 것을 밀어내고
엇갈리는 것을 서로 잇대는
한때의 바람처럼
지나고 나면 심심해지는
나이만큼 쌓여 가는 약봉지와
실낱같은 위안과 쓸모없는 교훈이
올무처럼 조여드는 저녁
가벼워진 몸보다 더 무거운 관절이
작은 신음 소리를 짚으며
가만히 걸어가는 마당가에
난생처음 맞는 저녁은 날마다 찾아오네
어쩌자고 어둠을 먹고 자라는 나무들은
점점 굵고 단단해지나
애처로움의 유효 기간은
짧아만 지는데 어느 날엔가
풀기 없는 핏줄조차 말라 버리면
꽃 이파리 무성했던 나무 아래서

애처로움마저 떠난 저녁을 혼자 맞겠네
하루를 소등하듯 점등된 가로등 불빛이
뒤란 지붕 위로 번져 가는 동안
엄마는 전기장판을 나는 선풍기를 켜는 저녁

# 근본 없다는 말

마당가 배롱나무 두 그루에 꽃이 한창이다
한 그루는 작년 뿌리째 사다 심었고
한 뼘쯤 더 자란 나무는 가지를 베어 꺾꽂이했다
뿌리째 심은 나무는 사방 고르게 가지를 뻗어 꽃 피
우고
베어 심은 것은 뿌리내리며 가지를 뻗느라 멋대로
웃자랐다
그중 제일 먼저 뻗은 가지는 땅을 향해 자란다
죽을 수도 있었는데 죽을힘 다해 살았겠지
기댈 데가 없다는 건 외롭고 위태롭다
죽을 수가 없어 죽을힘 다하는 생
뿌리가 얼마나 궁금했으면 아직도 땅을 향해 자라
날까
무심코 내뱉는 근본 없다는 말에는 있는 힘 다해 뿌
리내리며
허공을 밀어 올리는 수없는 꺾꽂이 같은 삶이 깊숙
이 배어 있다

# 괜찮지 않은 봄날 저녁

봄비 오는 줄 모르고 잤다
내리는지 몰랐던 비처럼 쏟아지는 잠

누군가 몸 한 귀퉁이를
잘라냈다는 말을 듣는데 온몸이 얼마나 아프던지
비명은 내 몫이 아니었으므로
그녀는 괜찮다고 했지만 괜찮지 않았다

읽던 책을 펼쳐 놓고 노트북도 켜 둔 채
시간 모를 잠에서 깨어 뒤척이다
그녀에게서 사라졌다는
몸 한쪽으로 다시 돌아누웠다

수화기 너머 정비사가
낡은 찻값의 반이나 되는
수리비 견적을 말하며 깨끗하게 수리하면
괜찮을 거라 했지만 괜찮지 않았다

며칠째 떠돌이 개가 집 주위를 맴돌며
눈치를 살피지만 괜찮지 않은 마음으로
모르는 척 피하고 있다
비 내리는 봄은 괜찮지 않은 것투성인데
괜찮다는 말을 입 속에 혀처럼 달고 산다

한쪽을 잘라낸 몸과
찻값의 절반이나 되는 수리비와
굶주린 채 떠도는 버림받은 개가
어떻게 괜찮을 수 있겠나
그렇게 괜찮지 않은 봄날 저녁이 왔다

# 춘양 春陽*

귀엣말처럼 들려주던 곳을 지난다
마을로 내려서는 이정표를
일없다는 듯 지나 한 모퉁이 돌아
한참을 더 가서 차를 세운다

세상에는 아무렇게나
버려지는 말들이 너무 많은데
아름다워서 하냥 따뜻했던 말은
왜 잊는 법을 모르나

어느 해 물드는 가을 나무 아래서
오래된 관공서 칠 벗겨진 담벼락
얘기를 들려줄 때 그래도 이름만큼은
자꾸만 당기는 핏줄 같아 설렌다며

쓸어 넘기는 머리칼 속 흰머리가
그 담벼락같이 쓸쓸해
그곳 생각이 난다던 당신

녹슨 관악기 파열음처럼
가끔 몸속에선 그 말이
삐걱대는데 아직도 핏줄 같던 이름이
설렐 때가 있는지

잊고 살아도 잊히지 않듯
아무 일 없는 듯 지나쳐도
아무 일이 될 때가 있지
그저 봄볕 아래를 잠시 지나왔을 뿐인데
삼키지도 뱉지도 못한 채 어긋나 버린
먹먹한 마음처럼

* 경북 봉화군에 속한 마을

# 연애시

기름을 지고 불 속으로 뛰어들어도 겁날 게 없다고 생각했다 다 타 버려 흔적조차 없어질 때까지 아프지 않을 것 같았다 매몰차지 못한 날들을 매몰차게 외면하면서 그런 거라고 주문을 외웠다 재가 된 다음은 생각하지 않았다 스무 살을 갓 넘긴 그땐 그래야 되는 줄 알았다 삶은 아득했고 당신은 아득함의 끝에 있었으니 안간힘을 쓰지 않으면 가 닿을 수 없을 것 같았다 십 년이 지난 후에는 겁나진 않았으나 흔적조차 사라지는 건 두려웠다 결국 아무것도 남지 않을 것이란 걸 모른 척할 수 없었다 재가 되어 날리기 전에 불길에서 뛰쳐나왔다 이번에도 그런 거라고 주문을 외웠다 다시 십 년이 지난 후에는 처음부터 그런 거라고 주문을 외웠다 그러고 나니 겁날 것도 외면할 일도 없었다 삶은 여전히 아득했지만 지나온 모든 아득함은 다 끝이 있었다 더 이상 베일 일도 매몰찰 일도 없었다 다시 십 년이 지났다 이젠 주문을 외우지 않는다 상처는 늘 아물었으므로 아문 자리는 그대로 흔적이 된다는 걸 알았다 모든 무위無爲는 흔적을 남긴다 아픔이 서사로 바뀌는 동안 무던해진 상처 위로 딱딱한 덧

살이 자라났다

# 암 병동

얇은 커튼 너머
흐느끼는 소리 들린다
정선에서 왔다는 노부부
종일 우스갯소리 주고받다가
할아버지 검사 받으러 간 사이
혼자 남은 슬픔이 무너지는 소리
비 내리는 창밖 큰 나무와
젖은 풀꽃이 눈치 없이
병실을 기웃거리고
유리창에 부딪친 빗물은
서둘러 흘러내린다
복도를 지나가는 유예된 목숨들의
힘없는 인기척에 누군가는
주저앉아 울 것만 같은데
나는 어느 쪽으로 몸 둘 바를 몰라
아픈 배를 부여잡고 등뼈로 버틴다
세상의 멱살이라도 붙잡고 싶겠지만
두려움과 통증에 겸손해진 몸들

커튼 너머 생의 저편으로 이탈한 슬픔은
아직 돌아오지 않고 있다

# 폐사지

요사채도 없는 절 마당에
일찍 핀 꽃이 진다
한 줌 재가 되어 왕생한
어느 비구의 생을 품고
용맹정진 중인 깨진 부도 위로
한 잎 두 잎, 사바로 흩어지는
보시의 공덕 앞에
홀로 장자와 불에 든 당간지주는
깨달음을 얻고도 남았겠다
멀리 두고 떠나온 곳은
한 치 앞도 모른 채 흐트러질 대로
흐트러진 폐허 같고 모두 비워 버린
절터가 살아 있는 세상 같다
마음도 닳고 닳으면 비워질 수 있을까
어둠이 겨우내 묵은 밭둑 아래로
질러 내리는 데 한 치 같은 천년이
또 지나가도 꽃은 지고 있을까

# 겨울 판화

빈 들판
씨방 텅 빈 풀꽃이
사방 안으로 말려든다
알아듣지 못하는 방언처럼
이름 모를 것들이 내력 없이 모여들어
몸 묻는 중이다
몇 번 시절이 바뀌고
세월이 변해도 산다는 건
저 풀꽃 같은 일
소문도 없이 묻히고 말 일이지만
더 이상 거둘 것 없는 들판에서
북향을 향해 날아오르는
새 떼 그림자마저 지고 나면
핏빛 흙 속에 뿌리내릴 영혼은
얼마나 오래 떠돈 바람 소리인지
알 길이 없겠다

# 꽃 같은 말

꽃 지고 잎만 무성한
미황사 배롱나무 밑동을 만지며
당신이 했던 말을 생각하네
그곳은 남쪽이고
남쪽은 아주 먼 곳이라던
삶을 의탁하기란 쉽지 않아서
많은 표정을 무심코 흘려보냈지
나보다 더 나를 사랑하고
그리워했다는 걸 알아채지 못했네
발병과 치병 사이를 오가며 도착한
먼 남쪽 꽃나무 아래에서
이제 아주 멀어져 버린 당신의
꽃 같았던 말을 만져 보네

# 새들의 거처

날이 저물면 새들은 뒷산 조릿대 숲으로 돌아온다
댓잎을 들치고 자리를 잡느라 부산스럽지만
어둠이 내리면 울음소리조차 잠잠해진다
새들은 페루에 가서 죽는다는데
한 번도 그런 새를 본 적이 없다
그가 본 것은 페루에서 살다 죽은 새들이겠지
종일 허공을 움켜쥐고 있는 것들도 저녁이 되면
발 딛고 잠들었다가 날 새기 무섭게 출근하듯
각자 하늘로 날아오른다 텅 빈 대숲은
바람을 불러들여 종일 소지하느라 분주하다
새의 잠꼬대를 흉내 내며 묵은 깃털을 털어내거나
구겨진 침대보를 살피듯 반듯하게 허리를 편다
어떤 목숨이든 살아가는 것은 얼마나 지혜롭나
새들의 거처에는 흔한 고지서 한 장 날아오는 법이 없
는데
날마다 무언가 날아와 쌓이는 사람의 거처는
어둠을 견디기 위해 또 불이 켜진다

# 서울역

기차를 기다리며
흡연실 구석에서 담배 피우는데
말쑥한 이가 다가와 담배를 빌린다
이렇게 빌려주고
돌려받지 못한 담배는 얼마나 될까

담뱃갑을 흔들자
박히지 않은 못처럼
튀어나온 담배를
별말 없이 뽑아 들더니
옆 사람과 그 옆 사람에게도
빌린다

보잘것없는 욕망도
수치심을 앞지르면
무의식이 되는 걸까

대단하지도

돌려받을 수도 없는
담배 한 개비가 자꾸만
빌려지고 있다

# 순장

추석 전 벌초를 다녀온 숙부들이 지나는 말처럼 일렀
다 느 아버지 산소는 아까시 뿌리가 곧 들어올따! 형님이
살았을 땐 느 할매 할배 산소에 아까시 잎사구도 안 보였
데이 지나가는 말도 책망이라는 걸 왜 모를까 걸어서 오
분 걸리는 산소도 일 년에 한 번 가는 게 전부이니 아카
시아가 봉분을 덮어도 알 길이 없다 장날 농약포에 들러
근사미* 몇 병 샀다 한 모금만 마셔도 속내를 다 녹일 지
독한 제초제와 톱과 낫을 챙겨 나선 성못길 윗대부터 차
례로 잔 붓고 절 올리며 내려온 아버지 봉분 아래 아카시
아 나무가 절정이다 바람을 타는 잎사귀는 더없이 부드
럽고 평화로웠으나 무덤 곁에 뿌리내린 것이 죄였다 숙
부들은 성큼 넝쿨 아래로 들어섰다 나는 낫과 톱을 들고
숙부들이 걸음을 멈추면 자르고 쳐냈다 사촌은 처단한
나무 위로 근사미를 쏟아부었다 아까시는 물이 오를 때
보다 물이 내릴 때 약을 먹어야 효과가 있다며 작은숙부
는 자꾸만 걸음을 재촉했다 이미 죽은 자를 위해 산 것
을 도려내는 일은 거칠 것이 없었다 어느 만큼에선가 숙
부들은 뒤돌아섰다 횡해진 무덤을 바라보며 손과 옷을

털고 서로 고개를 끄덕였다 흡족한 표정이었다 메밀꽃
과 깨꽃 한창인 밭둑을 따라 돌아오는 길, 야들아 얼매
나 좋은 시상이고 고마 약 뿌리마 뿌리까지 죽어 삔다 안
하나 우리 클 땐 뿌리까지 파 가매 이 밭둑에도 마카 콩
안 심었드나 다 살자고 그칸 기지 그 말이 지나가는 곁으
로 메밀꽃과 깨꽃이 영문도 모른 채 쓰러진 아카시아 잎
사귀처럼 흔들리고 있었다

* 제초제

# 목련꽃 필 때의 일

군복 입은 젊은이가
담배 한 모금 길게 빨더니
휠체어에 앉은
초로의 사내 입에 물린다
입을 꼭 다문 채 몇 모금
타들어 간 재를 받아 털고
다시 물린다
휠체어 두 바퀴 위에
텅 빈 소매가 소곳하다
목련 꽃잎 봉긋한
나무 아래서의 일이다

# 고라니 발걸음으로 조용히

박경희(시인)

### 그런 벗

김명기 시인을 본 건, 그래, 봤다는 게 맞다. 나만 본 거니까. 십몇 년 전, 작가회의 총회 할 때 머리카락을 날리며, 단상 앞으로 걸어가는 모습이었다. 그 후로 한 번도 본 적 없는 벗, 굳이 만나지 않아도 마음이 통하는 벗이 있다. 김명기 시인은 그런 벗이다.

성질머리 더러운 내게 세 번째 시집 원고를 보여 줬을 때, 떨렸고, 아팠고, 쓰렸다. 그의 원고는 위태로웠고, 서글펐으며, 향나무에 앉은 참새 떼처럼 말이 많았다. 그가 가진 무게처럼 들뜸을 눌러 주는 묵직함이 필요했다. 일 년이란 시간 동안 그는 무던히도 자신을 돌아봤고, 벼 바심 끝난 논바닥에 내려온 눈 까만 고라니의 발걸음으로 어느 날, 조용히 세 번째 시집을 들고 왔다.

두 번째 시집 『종점식당』 이후 김명기 시인은 내게 발문을 부탁했고, 나는 흔쾌히 쓰겠다고 했다. 나의 부족함이야 갈잎 같지만, 이 시집을 읽고 난 뒤에는 사그랑이가 되어 버렸다.

## 한참을 머뭇거리다

김명기 시인은 나와 참으로 비슷한 면이 많다. 그는 동해에서 나는 서해에서 엄니를 모시고 산다. 그다지 결혼에 대한 생각이 없는 것도, 삶의 귀퉁이를 한없이 파먹으며, 골골이 땅 짚고 사는 것도 많이 닮았다. 하지만, 다른 것이 있다면 그는 온몸으로 세상과 맞서고 투쟁을 한다. 어디 한구석이라도 무너지지 않으면 견딜 수 없을 정도로 자기 몸에 생채기를 낸다. 때론, 아프다거나 다쳤다는 소식이 먼저 닿기도 한다. 이런 이야기를 접하면 아직 정박하지 않은 배가 항구로 들어오기 위해 안간힘을 쓰는 것 같다.

그가 여기 이 자리에 오기까지 수없이 걸었을 자리마다 고통이 바스러졌고, 슬픔이 언저리를 맴돌았다. 그에게 불안은 그림자였고, 잠깐 수면 위로 올라온 암초였다. 어느 때는 성난 사자였고, 어느 때는 고집 센 염소였다가, 어느 때는 저 푸른 바다를 헤엄치는 고래 같았다.

이번 시집을 읽고 나는 한참을 머뭇거렸다. 도대체 그에게 일 년 동안 무슨 일이 있었던 것일까? 내가 읽은 편편이 꼬리별이었고, 싸라기별이었으며, 붙박이별로 반짝였다. 모든 시가 반짝거렸다.


　　앞집 할매가 차에서 내리는 나를 잡고 묻는다
　　사람들이 니보고 시인 시인 카던데
　　그게 뭐라


　　그게……
　　그냥 실없는 짓 하는 사람이래요
　　그래!
　　니가 그래 실없나
　　하기사 동네 고예이 다 거다 멕이고
　　집 나온 개도 거다 멕이고
　　있는 땅도 무단이 놀리고
　　그카마 밭에다 자꾸 꽃만 심는
　　느 어마이도 시인이라……


　　참, 오랫동안 궁금하셨던 모양이다
　　　　　　　　　　　　　　　　—「시인」 전문


　첫! 처음은 늘 긴장되거나 떨리는 마음을 던진다.
이 첫 번째에 놓인 시가 대표시라 할 만하지만, 그의
시를 읽다 보면 마지막 작품까지 모두 첫 번째에 놓여

도 무방하겠다고 생각한다.

동네 할매의 궁금증이 넌지시 담을 타고 넘어왔다. 도대체 시가 무엇이기에 이리도 사람을 환장하게 하는 것인지 나도 궁금하다. 단숨에 나오면 좋아서 환장하고, 허벅지에 송곳을 찔러도 안 나오면, 그 또한 환장할 일이다. 이 골치 아픈 짓을 날마다 살 파먹으며 하고 있으니, 나도 시가 뭔지 도대체 시인이 뭔지 잘 모르겠다. 하지만 이 할매는 온 산과 동네를 헤집고 다니는 고양이와 개를 데려다 집을 주고, 먹이를 주는 그가 어떤 사람인지 궁금했을 것이다. 하지만, 정작 그보다 푸성귀를 해 먹는 밭에다 꽃을 가꾸는 그의 어머니더러 시인이라고 말한다.

김명기 시인은 천성이 갸륵한 사람이다. 비록 바다와 연을 맺고, 젊은 시절 바다라는 기억 속에서 떠나지 못하고 있지만, 한없이 연약하고, 아픈 것들을 어루만질 줄 안다. 그러니 동네방네 외로운 것들을 보살피지 않는가.

시인은 몇 년 동안, 심장이 뛰지 않는 것들에게 기름칠하며 살았다. 물론, 그전에는 배와 바다와 한 몸이었지만, 시절을 지나 지게차를 움직이는 중장비 기사로 지냈다. 그는 자기가 가진 직장처럼 딱딱했고, 감

흥이 별로 없었다. 늘 날카로웠으며 건드리면 터질 것 같은 사람이었다. 그랬던 그가 그 일을 놓았다. 몸이 아픈 것도 문제였지만, 무너져 가는 마음이 한몫은 했을 것이다.

공황장애와 함께 찾아온 삶의 막막함이 그를 괴롭혔다. 늙은 어머니와 단둘이 살면서 느끼는 수많은 갈등도, 아픈 몸을 어머니에게 의지해야 하는 마음도, 자꾸 아픔의 문지방을 건너다니는 어머니의 병세에 대한 안절부절도, 언제 찾아올지 모르는 죽음과 빌어먹을 시끄러운 세상과 사는 것도 괴로움의 연속이었을 것이다. 그에게 오직 숨통이 트일 만한 것이 있다면 그건 시가 아닐까.

　　버려진 개 한 마리 데려다 놓고
　　얼마 전 떠나 버린 사람의
　　시집을 펼쳐 읽는다
　　슬픔을 더 슬프게 하는 건
　　시만 한 게 없지
　　개 한 마리 데려왔을 뿐인데
　　칠십 마리의 개가 일제히 짖는다
　　흰 슬픔 검은 슬픔 누런 슬픔
　　큰 슬픔 작은 슬픔

슬픔이 슬픔을 알아본다

갈피를 꽂아 두었던

시의 가장 아픈 문장에

밑줄을 긋고 나니

남은 문장들이 일제히 눈가에 젖어든다

슬픔은 다 같이 슬퍼야 견딜 수 있다

—「유기동물 보호소」 전문


그가 중장비 일을 놓고 한동안 산림 감시원이 되어 자연으로 들어갔다. 그 속에서 나무를 스쳐 지나가는 바람을 만났을 것이고, 나뭇가지 사이사이로 내려오는 햇살을 만졌을 것이다. 모르는 풀꽃들에 대한 그리움이 생겼을 것이고, 수많은 별이 밤마다 숲에 내려앉는다는 것도 알았을 것이다. 그렇게 생명이 없는 것에서 생명을 찾아가는 그가 지금은 유기동물 보호소에서 유기동물 구조사로 일을 하고 있다.

## 유기遺棄 내다 버리다

유기동물 구조사인 시인은 방치되거나 버려진 개들을 보면서 자신을 보는 것 같았을 것이다. 떠돌이 개들을 구조하면서 자신도 구조하고 있는 것은 아닐까. 스스로가 늘 바다 언저리를 맴돌았고, 섬진강을 따라 걸으며 자신과 수많은 대화를 했을 것이며, 팽목항에 가서 목 놓아 울었을 것이다. 자신의 걸음이 유기遺棄된 것처럼 말이다.

"굵은 빗방울 너머 호젓한 골짜기 초입에/버려졌던 검은 개 두 녀석이 무심히/나를 쳐다"보는(「검은 개」), "살리겠다고 내민 손을/해치는 줄 알고 물어 버린 개"(「손의 이력서」), "오직 오늘만은 살아야겠다고 발버둥 치는 우리는/같은 족속일지도"(「악을 쓰며 짖는 개에게」) 모른다. 때론, 믿기 힘든 현실 앞에 망연자실하기도 하고, 악을 쓰며 하루를 살아내고자 개처럼 짖기도 한다. "어디 실려 가는 것이 개들뿐이겠나/실려 가고 끌려가는 것에겐 관용이란 말을/쓰지 않는다는 걸 오랫동안 믿고"(「실려 가는 개들」) 살았다는 시인, 해서 "온기 없다는 말은 어떤/간절함이 고인 것 같아서"(「호우주의보」) 자신의 간절함을 보태어 간절하게 빌어 본다.

차가운 것들에게 기대어 살다가 따뜻한 온기를 온몸으로 받아들이고 있는 그는 지금도 서툴다. 아픈 몸을 감당하지 못할 때면 불 꺼진 감나무에 매달려 바람이라도 불면 떨어질 홍시처럼 위태롭기도 하다. 하지만, 그는 마음 줄을 잘 잡고 가는 중이다.

수녀원 뒷산 공터에서 만난 파티마

녹슨 사슬에 묶여 방치된 채

굴참나무 낙엽 위에 갓 낳은 새끼를 돌보고 있었지

아무것도 해 줄게 없어 가져간 이불을 덮어 주었을 때

따뜻한 헛바닥으로 손등을 순하게 핥아 주었지

해 줄 수 없는 애를 쓰다 돌아서는데

마른 몸을 일으켜 배웅하던 엉킨 실타래 같았지

사람들은 언제 죽어도 이상할 게 없다고 했지만

세상에 그런 목숨이 어디 있느냐고 날마다 찾아갔지

젖 뗄 무렵 새끼들을 안고 나서자

저도 데려가 달라고 처음으로 짖던 파티마

풀린 목줄을 공터에 남긴 채 어린 새끼들을 따라

제 발로 케이지 속으로 들어가던 뜨거운 모정

(중략)

마치 오래전부터 그곳에서 살았던 지니처럼 서 있었네

　샌프란시스코의 지니가 태평양 건너 공터의 파티마가

생각날 때

　어쩌다 한 번쯤 저를 안고 달래던 사람 하나 기억했으면

좋겠네

　안녕! 지니, 이제는 바우와우 짖겠네

　　　　　　　—「공터에서 샌프란시스코까지」 부분

새끼들 앞에서는 한없이 작아지고 작아져서 사라져 버려도 괜찮을 어미 파티마. 녹슨 사슬에 묶여 엎드린 채 아픔과 슬픔을 꿍글리다가 자신을 구해 준 손에 혀를 대며 감사함을 표한다. 자기보다 새끼를 먼저 구해 달라는 저 구원의 손길에 안간힘을 다해 표현하는 파티마. 시인은 파티마를 보며 어머니를 생각했을지도 모른다. 자신을 내어 주면서도 그저 자식 걱정이 먼저인 어머니. 새끼를 낳는 수많은 어미는 자기 살을 끊어 나온 것들에게 모든 것을 던진다. 내 살을, 내 피를 온전히 받았기에 그 애절함은 더하다. 파티마? 지니? 어떤 이름이든 불리는 게 중요하지 않다. 그저 평화롭게 멍멍 짖든 바우와우 짖든 행복한 삶을 누리기를.

### 큰사람은 아니어도 큰 사람이다

누구나 사람에게 상처를 받는다. 그게 크고 작고, 적고 많고의 차이가 있겠지만, 유독 상처를 등에 짊어지고 가는 사람이 있다. 손에 종이 한 장 들고 있을 뿐, 언제든 원하면 금방 놓아 버릴 수도 있는데, 그게 쉽지 않다. 어느 때는 그 종이 한 장이 엄청 무거운 첫덩이처럼 느껴지기도 할 것이다.

장자인 나는 집안에서 처음 대학을 갔다
마을에서도 유일했다 그러나 아버지는
그 대학이 못마땅해 통박을 주었고 엄마는
당신은 국민학교도 못 나왔는데 그게 어디냐며
통박을 통박으로 맞받았다 여든 살이나 자신 할머니는
밍기가 이제 큰사람 될 거라고 두고 보라며
만나는 사람마다 자랑을 하셨다
(중략)
나는 큰사람이 되기 위해 객지와 바다 위를 무시로 떠
돌았지만
서른을 지나 마흔 넘도록 사는 일에 쫓겨 다니기 일쑤
였다
볼 때마다 통박을 주던 아버지마저 선산의 산감이 되고
서야
큰사람 되는 것을 포기하고 집으로 돌아왔다
이제 오십이 넘어 무슨 큰사람이 될까 싶었는데
할머니 기제삿날 옷매무새를 갖추느라 거울 앞을 서성
대다
장탄식을 내뱉었다 일백팔십이 센티의 키에 몸무게
백 킬로그램이 넘는 큰 사람이 거울이 다 차도록 서 있
었다

—「큰사람」부분

김명기 시인은 아주 키가 큰 사람이다. 그러니 큰사람은 아니어도 큰 사람이다. "볼 때마다 통박을 주던 아버지마저 선산의 산감이 되고서야" 집으로 돌아온 시인은 스스로 산감이 되어 가고 있다.

모든 부모는 자식이 큰사람이 되길 바란다. 물론, 내 부모도 대학에 가면 뭔가, 큰사람이 돼서 고향으로 돌아올 줄 알고 있었다. 하지만, 그 상상은 상상으로 끝나 버렸다. 책 짐을 용달차에 싣고 내려온 날, 뒤꼍에서 눈물을 흘리던 엄마를 봐 버렸다.

어른들이 말하는 큰사람은 성공한 사람이다. 우리 동네에서 이름을 날리는 사람, 더 나아가 우리 군에서 알아주는 성공한 사람. 너도 나도 못 가던 대학을 간 사람이 성공해서 큰 차 타고 고향에 선물 바리바리 싸 들고 내려오는 사람이 큰사람이다. 정작, 자기 자리에서 소박한 삶을 살며, 속 쓰리지 않고, 자기 일을 하는 사람이 큰사람일 텐데 아직도 큰사람이 되기 위해 모든 것을 걸고 사는 사람이 많다. 안타까운 현실이, 코로나 현실이 사람들을 더욱 구석으로 몰고 있는 것은 아닐까.

보증 서 준 친구가 야반도주를 하고
그 빚을 고스란히 떠안았다

구경해 본 적도 없는 큰 빚이 너무 억울해
배를 내밀어 보았지만 보증서에
핏자국처럼 선명한 날인이 말라 갈수록
점점 더 단단하고 큰 빚쟁이가 될 뿐이었다

통장에서 빚이 빠져나가는 날이면
세상 있는 모든 욕을 끌고 와
저주를 퍼부었다 아무도 알아주지 않는
억울한 마음이 짓무르고
삶이 수척해졌지만 신기하게
빚은 점점 야위어 갔다

몇 해 동안 빚을 다 갚고 나니
그제야 도망간 친구의 안부가 궁금했다
더 이상 빚이 빠져나가지 않는 통장과
세상 모든 욕과 저주는 할 일을 잃었다

더는 만날 일 없을 테지만 한동안 나는
네게 보내는 욕설과 저주의 힘으로
세월 가는 줄 모르고 살았다
이제 나는 원래 그렇게 살던 사람 같다

어느 순간 우린 둘 다 절망이었을 텐데

너는 그 많은 욕과 저주를 어떻게 견뎠을까

—「절망을 견디는 법」 전문


보증은 피를 나눈 형제도 서 주지 말라고 했다. 울 엄니도 어떠한 일이 있어도 보증은 서 주지 말라고, 당신이 저승 가서도 지켜보겠다고 늘 신신당부를 하신다.

'통장에서 빛이 빠져나가는' 것이 빛처럼 속도가 빠르게 느껴졌을 것이다. 한 달의 삶이 빠져나가는 것처럼 기운이 빠지고, 성질이 바락바락 나고, 지나가는 사람 아무나 잡고 드잡이하고 싶은 마음이 들었을 것이다. 이 모든 절망은 자신을 자책하고 자신에게 성질을 내는 것이다. 그럼에도 불구하고 통장에서 더 이상 돈이 빠져나가지 않자 주위가 보이기 시작했다. 자신에게 모든 불행을 넘기고 떠난 그 친구의 안부가 궁금해졌고, 보이지 않는 욕과 저주를 어떻게 받았을까, 싶은 안쓰러움이 한꺼번에 몰려온다. 이 점에서 김명기 시인은 참으로 사람을 사랑하는 사람이라는 것을 알 수 있다.

## 늘 먼 바다를 바라보는 시인

이 시집을 읽는 내내 머뭇거리고, 두근거렸다. 김명기 시인 본연의 모습을 만났고, 그가 사람들 속에서 사람을 참 많이 사랑하고 있으며, 어떻게 하면 사람을 더 사랑할 수 있는지 그 방법을 알아 가는 것 같았다.

큰 파도를 많이 맞은 섬은 잔파도에 흔들리지 않는다. 그가 바라보는 바다는 파도만 줄 뿐 모든 시련은 스스로가 만든다. 누구에게나 속 모를 시련이 있다. 세상이 또는 삶이 얼마만큼의 시련을 줄지 모르지만, '그까이 꺼' 하고 툭 털며 가길 바란다.

늘 먼 바다를 바라보는 시인, 그래서 더 지켜보고 싶은 시인. 그런 시인이 조심스럽게 또 한 발을 내민다. 그의 한 발 한 발에 반짝이는 별이 가득함을. 이 시집에 두 손 모은다.

**돌아갈 곳 없는 사람처럼 서 있었다**

2022년 1월 1일 1판 1쇄 펴냄
2023년 10월 13일 1판 3쇄 펴냄

지은이      김명기

펴낸이      김성규

편집        김은경 김도현

디자인      김동선

펴낸곳      걷는사람

주소        서울 마포구 월드컵로16길 51 서교자이빌 304호

전화        02 323 2602

팩스        02 323 2603

등록        2016년 11월 18일 제25100-2016-000083호


ISBN  979-11-91262-83-4  04810

ISBN  979-11-89128-01-2  (세트)


- 이 책은 '경북 예술인 창작활동 준비금 지원사업'의 후원을 받아 발간되었습니다.
- 이 책 내용의 전부 또는 일부를 재사용하려면 반드시 지은이와 출판사의 동의를
  얻어야 합니다.
- 잘못된 책은 교환해 드립니다.